AF365332

COUDRIN– l'enfant noir

Les trois yeux noirs décédés

Chapitre 1 Visite des goronoir et goro rouge

– Maman, je ne veux pas y aller.
– T'arrêtes, oui c'est pas toi
qui pars p'tit diable numéro 2, c'est
Ceux qui viennent cette fois-ci.
Mais pour trois semaines,
ils vont simplement jouer
avec toi et Les yeux noirs.
P'tits diables numéro 1 et 3
sont avec nous à la clinique
et puis l'équipe Palaud vient te surveiller
pendant ces trois semaines.
En plus il y a LES JUMEAUX Dialete
qui vient pour s'occuper
de toi et tes vidanges et
cette fois-ci pas de pipi au lit, hein.
- GHROUM bonsoir messieurs
dames, bon ce soir vous
êtes autorisés à aller
à la plage. Oui je sais,
elle est plus chaude à la montagne
de la mort mais là
on n'a pas de radiateurs
solaires pour la mer. La
piscine est disponible
mais p'tit diable numéro 2
n'a pas le droit d'y
mettre les pieds. GHROUM,
Sébastien Le Ret, tu sembles fatigué.
– Oui, les trajets deviennent
fatigants. Comment se fait-il que tu ne
sois pas aussi fatigué
quand tu fais ça vingt-cinq fois par jour ?
– Question d'habitude
et puis je n'ai pas de grande distance.
J'avoue, tu fais beaucoup
plus de kilomètres que
moi Ah c'est pour
ça que je suis à bout
de souffle. Mais dis-moi ça
ne serait tout simplement
pas à cause du fait
que j'étais à l'intérieur
et que la température
atteint les 80 degrés ?

CHAPITRE 2 COMÉDIE

– Je confirme. P'tit diable numéro 2
viens dans mes bras, non la
piscine t'as pas le droit. Regarde, voilà
grands yeux noirs ton surveillant.
N'oublie pas, suppositoire
non, fessée déculottée oui.
Allez mon grand,
à dans trois semaines.
GROUHM, ouf, enfin
parti, allez les goronoir
et goro rouge, vous
restez dans la piscine
et je vous appelle
pour manger. NON p'tit
diable numéro 2,
toi tu restes dans mes bras
Arrivée de l'équipe Palaud
–

 Maman ! MAMAN !

– Du calme, oui ! Non tu fais dans ta couche.

– Maman !

– Non tu restes dans le lit.
Il fait encore de la comédie
mais il sait qu'on
ne va pas céder. Je
lui change sa couche.
OK, je lui mets de la crème.

(Trois minutes plus tard)

– Eh voilà un beau
p'tit diable tout propre.
Allez, gros dodo ou
suppositoire pour adulte.
–

NON ! NON !
–

 Dodo ou suppositoire,
 surtout que dans moins de vingt-quatre
 heures, maman et papa rentrent à la maison

Chapitre 3 Anniversaire des goronoir et goro rouge

NON ! NON !
Allez, viens, bon.

Maman ! MAMAN !

Alors p'tit diable numéro 2 !
Allez viens dans mes bras. Ouh là,
tu t'es bien vidé !
–
NON !
–
Je vais te changer. Si LK
voit que tu es encore
sale, je vais passer
un sale quart d'heure.
Les yeux noirs vous
pouvez enlever le haut
s'il vous plaît, je m'occupe du bas.

PAPA !

Arrête le petit comédien !
Tout ça pour que je m'occupe de toi, tu
Ne manque pas d'idée
franchement ! Alors
les gars, tu t'es fait sur
toi, franchement tout
pour ne pas prendre de gâteaux.

MAMAN !

Oui, on a compris.

HUM HUM

Le voilà bien propre.
Je pense qu'il risque
d'aller dormir dans
pas longtemps.
- Arrêté Mudoume.
– Il ne nous a pas
vus pendant trois semaines.
Allez dans mes bras,
les yeux noirs je vous
félicite d'avoir réussi
à tenir trois semaines.
Avec lui on sait qu'il

peut être très
désagréable. Bon vous venez, ils
ont déjà soufflé et
commencé à découper
le gâteau. Ne me dites pas
qu'il s'est fait sur lui !
C'est la quatrième fois depuis
sept heures,

c'était son dernier changement.
Celui-là c'est à p'tit diable numéro 1.

PLOUFF PLOUFF bon il va au
lit mais avec moi hein. T'as tout
gagné mais avant je
vais chercher des bout
de gâteaux. Par contre ton
rechange je te l'enlève
et ta couche tu peux
la garder, par contre c'est
gros dodo. Les garçons,
bon appétit. Vous avez
intérêt à manger des
gâteaux. Allez, on y
va, p'tit diable numéro 2.

Chapitre 4 Signal wifi

– AAAAAAAAAHHHHHH !
–
Eh, il t'arrive quoi ? Il est brûlant.
GHROUM, mais où nous a-t-il
emmenés ? Réveillons le
p'tit diable numéro 2. Les gâteaux sont
arrivés. Où ça ? Mais où est où ?
– Écoute, il faut que
tu appelles maman ou papa, dit 9 en wifi.
GHROUM GHROUM. Alors comment ça ?
– Attends, tant pis. GHROUM.
Nom d'un chien, ce vaisseau a subi
pas mal de dégâts. Les yeux noirs
et les p'tits diables, allongez-vous
sur le lit, là. Voilà, ne bougez
pas. Mudoume, as-tu des batteries en
stock ?
– Oui. Je vais les chercher. LK,
ne me dis pas que…
– Si, mais je le croyais

détruit, apparemment
seuls les systèmes de
ventilation fonctionnent.
– GROUHM. Voilà les
batteries et les outils.
– OK je branche la batterie. Nom
de Dieu ! Ouf, je viens de couper
le signal wifi. Par contre le
vaisseau est bon pour la casse, il a attrapé
un virus
Quel virus ?
– Bonne question, en
tout cas il y a des
dommages sévères sur tout
l'intérieur et l'extérieur
du vaisseau. Il se répare
super mal en plus.
– Que veux-tu dire
parce qu' il se répare mal ?
– Il met des murs à certains
endroits où sur le plan original, il ne
Il ne devrait y avoir aucun mur.
Cette porte n'existe
pas dans le plan, à cet
endroit c'est un mur.
Merde, il y aurait huit survivants
mais d'après l'ordinateur central,
tous les congélateurs
sont en mode sommeil,
mais il y a pas mal de
choses bizarres. On va
voir si on peut faire
des réparations au moins
à l'intérieur. Tu viens
Sébastien Le Ret. Non,
les p'tits diables, vous
restez avec les yeux noirs,
vous ne bougez
pas ou sinon vous savez
ce que vous risquez
Bon appétit
– Hein, mais il était pas
là y a quarante minutes !
LK, tu me reçois ?
– Oui.
– On a un mur devant
nous, à ton avis le
vaisseau va rester entier

ou on va devoir évacuer ?
J'essaye de relancer
le système d'autodestruction mais
il reste bloqué 5.00 minutes.
Si on quitte le vaisseau,
d'autres risquent de
le trouver donc impossible
de le garder en
entier, autant qu'il soit dé
(MERDE). Il y a des intrus à bord.
Mudoume et Sébastien Le Ret,
vous pouvez manger ces humains.
Les p'tits diables vont pouvoir
se régaler. Je téléporte les
huit survivants, j'ai un
gros congélateur. J'ai
dû utiliser trois batteries, il ne
m'en reste que deux en stock.
Messieurs bon appétit.
Les p'tits diables bon
appétit, vos parents
vont vous rejoindre.

GROUHM

GROUHM

 GROUHM

AH AH AH

AH AH AH AH AH AH AH

 GROUHM ouh la mère. C'est bon ils
sont congelés.
DRING.

Merde les yeux noirs, collez-vous au congel, vite.

 LÂCHEZ
VOS ARMES ! PAN NOOOOOON MAMAN
GROUHM

GROUHM MAMAN réveille-toi.
PÈRE aide-moi HIM HIM HIM
HIM HIM. Mais que s'est-il
passé, j'arrive pas à la ramener !
Mudoume

 GROUHM HIM HIM
HIM HUM HUM que s'est-il
passé ?
– T'as pris une balle
en pleine tête, ça
va elle est ressortie

Chapitre 6 Volcan Titicaca entré en éruption

– Nous interrompons nos
programmes pour
un flash spécial : le
volcan Titicaca vient
de rentrer en éruption.
 Le vaisseau a pété,
c'est grâce à cette
montre, elle était cassée.
Ce n'est pas une
montre mais un
récepteur connecté au vaisseau.
Il appartenait à PK.
T'as bien fait de la
prendre, tu nous
as tous sauvé
la vie, merci ! Bon,
il faut s'occuper
des huit congelés.
On vient d'en
décongeler sept mais
le huitième, on a du mal.
 Je m'en occupe.
Mettez deux heures
De plus, dans la
piscine, réglez l'eau sur 24 degrés.

Chapitre 7 Heures supplémentaires

– Bon, grâce aux données, j'ai pu
identifier quatre sur les huit survivants
Mudoume n'est pas là,
Il est à la clinique Jeannette Le Ret.
Je vais le remplacer cet après-midi
. D'ailleurs voilà les emplois du
temps, je reste sur place 95 heures.
– OK je vois que je suis sur place
15 heures, c'est pas grand-chose.
On ne peut pas tous être coincés

à la clinique Jeannette Le Ret, on
doivent rester organisés. MudouMe
reste cent heures, les p'tits diables
restent trente heures les yeux
noirs 29 heures. Il
y a un problème avec
les jumeaux maléfiques, ils sont
à 315 heures en trois mois, il faut
qu'on les transfère chez l'équipe Palaud,
ainsi on récupère les jumeaux
bossus qui reviennent de
vacances de Marseille. L'équipe
grand numéro 4, ils sont
à 315 heures également.
Là on a donc trop
d'heures de récup pour
les deux équipes,
on va devoir leur imposer
des vacances forcées,
ils vont se tuer à la tâche.
 Hum, tout à fait d'accord.
Bon, pour les huit survivants, on verra
plus tard.

Chapitre 8 Changement complet

Bon, on vous a rassemblés
aujourd'hui pour
vous dire que nous
fermons le service personnes
âgées. On ne peut
pas soigner et enterrer
des personnes âgées.
 Ce service a très bien
fonctionné au début.
 Oui mais notre priorité
est de s'occuper
des malades et des fous.
On ne peut pas s'occuper
des personnes âgées,
notre établissement
n'est pas conçu pour
tout prend en charge et
Puis la décision appartient
aux quatre gérants.
On leur soumettra
cette demande dans
les délais les plus brefs.

(Le lendemain bureaux des gérants)

 Inacceptable ! Cette demande
n'a pas lieu d'être. Selon vous, on
devrait fermer le service
des personnes âgées
alors que nous avons
suffisamment de personnel.
Je propose votre licenciement
aujourd'hui même et pour
que le service des personnes
âgées reste ouvert, votre
posté saute aujourd'hui.
Le chef de service vous attend
pour les paperasses.
Stop ! D'abord tu te calmes.
LK, veuillez nous laisser
cinq minutes, merci. Grand 4,
vous pouvez l'accompagner.

Chapitre 9 Fin de l'aventure au sein de la clinique Jeannette Le Ret

Bon les gars, les yeux noirs,
les jumeaux maléfiques, les jumeaux
Bossus et les p'tits diables, suite
au licenciement de LK, nous
ne travaillons plus avec
la clinique Jeannette Le Ret.
Ils sont assez bien
organisés et ils ne manquent
pas de personnel pour s'occuper des
personnes âgées dans de
bonnes conditions.
Ne soyez pas étonné de
Ne plus voir Mudoume ou LK,
seul Sébastien Le Ret
travaille toujours à la clinique
Jeannette Le Ret jusqu'au 15 août 2024.
– Mais père, si on ne
travaille pas, on fera quoi ? L'auberge et
À l'hôtel Palaud, ils
sont complets au bout de huit personnes.
– On a eu une discussion
avec l'équipe Palaud, ils acceptent de
vous prendre les quatre
jumeaux maléfiques et les deux jumeaux
bossus.

Chapitre 10 Grands yeux noirs décédé

Merde ! Que tout le monde sorte,
allez, sortez de là, Mudoume,
yeux noirs. NOOOOOOOOO
GHROUM GHROUM VITE c'est à
l'intérieur ! NOOOOON Mudoume,
les 3 p'tits diables, venez à
Moi ! Reviens à toi mon fils
, ne pars pas là où on ne
peut t'accompagner ! Reviens-nous !
-
HIM HIM HIM HIM HIM HIM,

 grand frère revient vers nous.

(Pendant ce temps-là)

 entre les deux portes,
celle de la vie et celle
du monde défunt)
– Hello grands yeux noirs.
– Qui es-tu ?
– Moi ? Mais je suis toi,
enfin tout ce qui est
autour de toi et même
toi, tu as un choix simple à
faire : le monde où ta
vraie famille d'attente
depuis plus de douze
ans ou ceux qui t'ont adopté mais sache
bien une chose importante,
l'encre noire, la grosse
tâche dont tu voulais
absolument te débarrasser
de ton enveloppe mortelle.
C'est comme si c'était
toi mais bien entendu
toi tu seras soit avec t
vraie famille ou tu peux
retourner vivre avec ta famille adoptive.
Mais avant, GROUHM HUUUUUM,
mon fils Hugo vient avec
Nous, grand frère, venons.
N'oublie pas grands yeux noirs
, tu peux partir avec ta

vraie famille mais la
tache d'encre continuera à vivre avec
Ta famille adoptive a
cependant demandé
à l'un de tes membres
de famille d'adoption
d'arrêter les autres.
Regarde, ils ont bientôt fini de
te soigner. Touche un
membre de ta famille,
il atterrira devant moi
et devant ta vraie
famille. PLOUFF OUUUUU.
– Grands yeux noirs, LK,
mère, je te présente
le gardien, celui qui
garde les portes entre
le monde des vivants
et celui des défunts et
voici ma vraie famille.
Je souhaiterais aller
les rejoindre mais pour
Cela, il faut que ma famille
d'accueil arrête les soins. L'encre noire
Elle restera dans mon
enveloppe à vie mais elle
aura le contrôle permanent
. On ne sera plus deux à
se disputer pour garder.
– OK. Adieu mon fils.
-

 PLOOO OUUUUUUU FFFFFF

 WOUHA. Stop, je vous
ordonne de respecter
le formulaire concernant
l'acharnement médical.
Je vous ordonne de le laisser partir.
– Mais si tu l'aimes vraiment,
alors dis-moi dans quel état ? Vous
savez très bien que les yeux noirs
ne vivent que jusqu'à 24 ans.
– Il a 22 ans certes mais
         c'est le porteur principal pas l'encre noire
qui part, c'est grands yeux noirs,
celui qui est sentimental, celui avec
qui vous avez passé
des moments géniaux

comme des mauvais moments.
Je sais que c'est insupportable
mais je vous verrai tenir votre
promesse et je vous
interdit de le transformer
en légume. Soit vous
respectez sa décision,
soit vous m'affronter et
vu les pouvoirs, vous
ne faites pas le poids
et vous savez que
cette fumée recrachée par son
corps est toxique pour
les humains alors laissez-le partir.
– Je vous préviens,
j'en ai rien à foutre de
cette auberge mais je ne
vous ne laisserez pas
transformer grands
yeux noirs en légume.
– Stop, elle a raison,
on a tous signé ce formulaire et la fumée est
en train de se répandre
OK, aucun de nous ne bouge
en tous cas jusqu'à ce qu'il soit
décédé.
– Arrête les 3 p'tit diables ,
l'encre noire qui est en lui
Elle restera enfermée. Celle
que vous avez essayé
d'éliminer de grands yeux noirs
          n'est pas concernée,
seule l'âme de grands
yeux noirs quitte le corps.
– On se doutait tous
les trois qu'ils étaient
deux à se partager le
corps. On était au courant
qu'à l'époque, il était en mort cérébrale.
Certes, ça l'a tué complètement
par la suite mais une partie a été
conservée. Pas l'encre noire
après son décès, c'est pour cela qu'il
veut partir mais l'encre
noire reste dans son corps. Notre grands yeux
noirs va partir retrouver
ses vrais parents.
On savait qu'il était décédé

ainsi que sa sœur, il tient à les rejoindre.
– Hum alors laissons-le
partir. WOUHA mais la fumée a disparu.
Merci mère. On la jugeait
responsable de ma
mort cérébrale, c'est
Elle qui m'avait placé dans
Le foyer pour mineurs Alex Rock à Nantes.
– Je lui passerai le
message, repose en
paix grands yeux noirs. Tes
petits frères seront les
premiers à aller
te rejoindre, moi et les p'tits
diables vivrons éternellement.
Nous sommes tristes de te voir partir
mais rassure-toi, l'encre noire
restera en pleine forme,
je te le promets.
 Merci mère.
Pitié, en silence ! Les p'tits diables,
retournez dans le mobilhome
          avec encre noire, pas de
bagarres et disputes. Dites bien aux
deux autres yeux noirs de
se tenir à carreau. Allez au mobil-home,
moi et vos parents avons
un détail à régler. GHROUM, mes hommes,
HUM, le ménage et le
règlement qu'on doit
passer à un juge, rien de
grave.

(Cinq heures plus tard)
–
 Messieurs dames, l'auberge
est rouverte. Merci de bien vouloir
retourner dans vos chambres.
–Le foyer pour mineurs Alex Rock
existe-t-il encore? Non, il a été
fermé. Aujourd'hui, c'est devenu
la clinique Jeannette Le Ret qui
ont déménagé à Pontivy à
la suite d'un meurtre d'un
pensionnaire que j'avais placé
mais à l'emplacement exact,
C'est aujourd'hui un musée.
D'ailleurs il a été mis

en vente et curieusement,
Tous les acheteurs laissent
tomber tous les projets. Apparemment, il
se passe des choses
bizarres, des bruits et
des rires d'enfants. Bref,
un endroit maudit. Voilà
l'annonce, il est toujours en vente d'ailleurs.
Merci.

Chapitre 11 raclées
Stop ! Les p'tits diables,
vous allez à la douche tous les trois, pas
de bruit. Les deux yeux noirs,
vous allez dans la salle à manger et
attention à vos fesses. Encre noire
toi tu vas t'allonger sur le canapé.
Mudoume ?

GHROUM, Oui.

Peux-tu aller t'occuper des
p'tits diables, les trois sont punis ?

OK.

Merci. Allez les yeux noirs, cul nu et…

(AY AY AY PAF PAF PAF PAF PAF)

À quatre pattes, écartez les cuisses.

HOP HOP. MAMAN ! MAMAN !

Allez vous asseoir autour de
la table, vous restez cul nu.

(AY AY AY AY PAF PAF PAF PAF

Allez les p'tits diables, au
lit et pas un mot. Dommage, hein ?
Méthode Palaud toute
la semaine, eh oui,
pas de relation sexuelle
comme punition

Chapitre 12 Examen

– Ouvre la bouche encre noire,
tiens, d'abord le bonbon. Laisse
Mudoume, ils sont déjà punis.
Tiens, j'ai acheté les nouveaux
thermomètres rectaux si tu veux.
GROUHM PLOUFF. Il y a énormément
de monde dans les magasins,
les gens et les gosses sont complètement cons.
– Ah, les p'tits diables sont punis !
–
Les nouveaux thermomètres, tu
Viens Mudoume. Les yeux noirs,
vous rangez les courses s 'il
vous plaît, merci. LK on te prend la boîte,
tiens une neuve. STOPS,
on pourrait au moins leur enlever la
Méthode Palaud, on ne s'en
sert que deux fois dans le mois.
– Oui, t'as raison et puis je
trouve cette fameuse méthode Palaud
pas du tout efficace. D'ailleurs
on devrait téléporter les huit
survivants. Il est vrai que
nous ne passons pas
assez de temps avec eux.
– Oui.
- Non, stop, grouhm. Bonjour
les huit survivants. Prenez place sur
le lit, les trois p'tits diables
contre le mur. Voilà parfait.
 On n'est pas gays nous
trois Pas de problème.
 Mais on est des filles,
enfin je pense que ça se voit.
 GHROUM. L'équipe formule 1
va encore râler. OUUFFF, elles
se plaignent tout le temps,
c'est pénible mais au moins on pense à
elles. Y a-t-il d'autres filles ?
– Non.
– Bon, on va pouvoir vous
examiner et vous transférer dans vos
équipes respectives.
– DRIN. Oui Dr Couturier, merci
pour les nouvelles filles mais on
pourrait au moins avoir un garçon.
– Non, c'est grand numéro 4
qui s'occupe des équipes et puis on

obéit aux ordres. Après,
voyez ça avec lui.
D'ailleurs, avez-vous reçu
les rallonges pour agrandir
votre mobil-home ?
– Oui, hier. Ça fait que
le mobil-home fait plus de quatre-vingts
mètres carrés donc on
peut accueillir encore deux filles maximum.
À plus

Chapitre 13 Crise soudaine

 HAAAAAAA HAAAAAAAAA HAAAAAAAAAAAAAAA.

LK, tu peux venir nous donner un coup de main ?

 Ouh là, HIM HIM HIM HUM HUM HUM.

On a les odeurs en
plus, ça doit faire un moment
          qu'ils n'ont pas fait de crise violente.
Effectivement, deux ans,
je pense que c'est lié à la mort de grands
yeux noirs. En tous cas,
ils font d'énormes progrès. HUM. Tenez les
Glacières, allez aux toilettes
En urgence, vous êtes blancs tous les deux.
HUM HUM de la fraîcheur,
les cinq là allez à table, le repas va être
servi.
– OK.
– Merci les gars d'avoir
envoyé les trois branleuses dans l'équipe
formule 1. Tiens, on n'a
pas de rappel à l'ordre.
- Non, je ne les supportais
plus,surtout la blonde infectée. C'est bon
pour ces deux-là. Celui-là j'ai du mal,
tu peux me remplacer, lâche
prise.PLUUUUUUUUUUUUUSSSSSSSSSS.
C'est bizarre les laves
sont de plus en plus grosses.
HUM je pense qu'on devrait leur faire
deux à six lavements par mois.
– Pas faux. grand Encre noire,
peux-tu apporter une glacière vide s'il te
plaît ?

– J'arrive. Tiens mère.
- Non, assieds-toi là sur
le lit, ouvre la bouche. Allez les p'tits
diables, debout. Voilà,
relevez-vous. Bon, asseyez-vous à côté
grand d'encre noire.
Bon les p'tits diables,
vous êtes toujours punis, ça
c'est la bonne nouvelle
et la mauvaise, l'un
d'entre vous reste avec
nous et les deux autres à la plage.
Yeux noirs, les deux, venez ici.
Oui, ne bougez pas. Alors
p'tit diable numéro 3 et numéro 2,
vous prenez les yeux noirs
avec vous et direction la
plage. Voilà vos maillots
de plage. Vous rentrez à
16 heures. GHROUM, quatre en moins.
P'tit diable numéro 1 et
encre noire, sur nos genoux HOP HOP.

AAAAAAAAAAHHHH
p'tit comédien,
t'as encore pas pris ta
respiration, au moins encre
noire a pris sa respiration, lui. Après vous
allez à la plage, bien entendu on
vous accompagne. Mudoume demain
j'aurai besoin de ton aide à
la clinique. Un de tes anciens
patients a fait une rechute,
celui à qui tu as réparé
les doigts et ces jambes coupée
avec l'encre noire que
les p'tits diables et les yeux noirs rejettent.
OK, je vois qui est le
patient, il vient d'avoir 11 ans exactement.

Chapitre 14 Nouvelle maison

– OUFFF !

Nous voilà enfin chez
nous. Oui, bon, les travaux ont
commencé il y a quatre semaines
mais les combles sont enfin fini

d'aménager. On va pouvoir
installer les yeux noirs enfin dans leur
propre chambre ainsi que
les cinq loustics qu'on
n'a pas renvoyés
dans d'autres équipes.
– Mais dis-moi, cette
chambre avec vue
sur le jardin, on a la même
idée.
- GHROUM. Père, mère, où sommes-nous ?
– Dans votre quartier,
les jumeaux bossus,
voilà votre chambre et
les jumeaux maléfiques
les vôtres. On ne s'est pas foutu de vous.
OK, par contre on exige
que vous soyez plus gentils avec les p'tits
diables et les deux
yeux noirs et pour les
relation INTIMES que vous
avez avec eux,.
Il y a une exception, encre
noire. Lui, on ne vous
autorise pas à avoir
de relation INTIMES avec
lui, il a encore du
mal à accepter d'être
seul dans son corps sans
l'emprise de grands yeux noirs.

Chapitre 15 Décédé sur la plage du Fozo

Non, Madeleine Palaud, on ne peut pas.
GHROUM. Ramenez-moi
sur la plage les p'tits.
- Stop LK. Asseyez-vous
Madeleine Palaud.
– Mais Sébastien Le Ret
et Mudoume sont sur la plage.
Ils s'occupent des yeux noirs.
C'est comme ça qu'il est décédé. Vous seriez
morte si les p'tits diables ne
vous avaient pas évacué leurs fumées
noires et toxiques pour les humains.
Mais grâce à vous ils ont eu des
super moments, c'est les
souvenirs qui comptent. Voilà pourquoi

vous n'avez pas vu grand
yeux noirs, lui aussi est décédé dans les
mêmes circonstances.
GHROUM, Merci les p'tits diables.
Non, c'est encre noire, et
oui, ils sont deux dans chaque yeux
noirs. Seule l'âme des yeux noirs
s'en va, pas l'encre noire qui est à
à l'intérieur du corps.
 Mais pourquoi chez moi Ça
aurait pu arriver à
n'importe quel moment,
vous ne devez pas
vous en vouloir. Je sais
que les semaines à
venir vont être pénibles
mais sachez que
je reste à votre écoute.
 Merci.

Pendant ce temps-là sur la plage du Fozo

GHROUM. Mes chéris.

 Maman, père, désolé de vous…
 Non, allez retrouver vos proches,
ça fait plus de 230 ans qu'ils
vous attendent.
 Mais grands yeux noirs est
décédé il y a moins d'un an Là c'est
nous deux. On ne peut vous laisser.
Alors les deux bonbons, grands
yeux noirs. HUM HUM, tu nous
Tu as tellement manqué.
Père, maman.
 Allez les deux bonbons dans
mes bras. Vos parents
vous attendent mais je
leur ai proposé de venir
vous récupérer. D'ailleurs je
Je dois me dépêcher, ma
P'tite sœur attend et vous aussi.
– HUM HUM, à dans
une autre vie, père, maman.
– WOUHA allez les jumeaux,
encre noire, dans nos bras, on rentre
à la maison voir Madeleine Palaud.
Heureusement qu'on a amené à

manger pour ce soir. Par contre
les maillots de plage, direction la
poubelle

Chapitre 16 Montage des Raspberry pie 3.2 et 1

Les encres noires et les p'tits diables,
venez par ici. Bon aujourd'hui, vous
allez apprendre à monter
votre console de jeux vidéo.
On vous a mis des Raspberry pie 3.
Cul nu sur la table, les boîtiers
sont là, les composants sont ici,
allez, vous disposez de douze
          minutes montre en main.
Interdiction de faire des crises de colère, on
vous tient à vue

Chapitre 17 Calendrier

 Maman, je ne comprends
rien à mon calendrier.
 Normal, là c'est marqué
que tu as des examens médicaux tous
les 15 du mois et là c'est les
dates où tes lavements
obligatoires doivent être
faits, là c'est les dates
où tu vas chez Madeleine Palaud
avec les deux autres
p'tits diables et là
c'est les dates où toi et les
encres noires avec les
deux autres p'tits diables
partent chez les goronoir
et la dernière semaine
vous partez à l'auberge Palaud. P'tit
diable numéro 1, ce soir
c'est toi qui passes
à la casserole avec LK
chez Madeleine Palaud.
Tu restes chez Madeleine Palaud quatre
jours avec LK.
 Oui Maman.

Chapitre 18 Plage avec les enfants de numéro 1

Bonjour LK.MADELEINE PALAUD

P'tit diable numéro 2, je te
présente ta cousine Maeline et Remy Coudrin
Hubert, ce sont les enfants de numéro 1.
 Maman ! Maman ! J'ai compris !
 Allez viens là que je
te mette une couche. Tu aurais pu demander
à Madeleine Palaud, hein
comédien, tout ça pour
que je m'occupe de
toi. Voilà elle est mise.
Non cette après-midi,
tu vas à la plage avec
ton cousin et ta cousine.
Oui je serai à la plage
ainsi que Madeleine Palaud.
Non allez, va jouer.

(Sept heures plus tard)

 Allez on remonte, c'est l'heure du goûter.

(Six minutes plus tard)

Nous voilà arrivés.
– HUM HUM HUM. Maman.
Allez dans mes bras, destination
la douche. Oh ! T'as fait une
grosse vidange. Allez à demain

Chapitre 19 Punition

– Allez p'tit diable numéro 2, tu
Reste là, je reviens. Je vais faire
des courses, tu joues avec
ton cousin. À tout à l'heure mon amour.
Madeleine Palaud, LK.

(Quarante-cinq minutes plus tard)

 Oh Madeleine Palaud.
 Maman ! Maman !

Encore puni ! T'as fait comment cette fois ?

Maman !

 Arrête, je ne suis pas dupe,
Alors explique-moi ce que t'as fait.

Tu sais parler quand ça t'arrange.
Tu restes tranquille, je reviens dans
moins d'une minute. Tiens, ne
le mange pas, mouche-toi
et ne bouge
pas. Alors, où ai-je mis les
cadeaux ? Ouh là,
c'est quoi ça ? P'tit
diable numéro 2 qui m'a prise
pour un morceau de viande ! HIM HIM. Mais
vous aussi, vous. Oui toute
l'équipe Le Ret hormis les encres noires,
Ils n'ont aucun pouvoir de guérison.
Je lui ai mis une fessée déculottée pour…
Parfait, il a compris comme ça qui
C'est le propriétaire.
 GHROUM Madeleine PALAUD
 Stop Mudoume, récupère
p'tit diable numéro 2, je sens qu'il va
avoir une seconde fessée.
Allez dans mes bras.
 Papa !
– Allez oooo direction la douche
avec les deux autres petits diables.
Les encres noires, vous restez ici.
Non pas de jeux vidéo,
vous gardez les cadeaux, je vous rappelle
Chapitre 20 Déballage cadeauX

– Maman ! Papa !
– Allez dans nos bras
les trois p'tits diables.
Heureusement que
Papa, Maman et Mamie
s'occupent de préparer
les cadeaux et les
friandises. Oui, vous
aurez vos relations INTIMES avec nous après
les déballages des cadeaux.
Allez direction la douche sinon la fessée
déculottée. Allez, entrez.

(Quarante minutes plus tard)
 –

 Allez, on essuie tout ça
 et on enfile les pantalons.
 Voilà, non vous
 ne mettez pas de

caleçon mais bien des
couches. Eh oui, on a des
ordres clairs vous concernant
puisque vous n'allez pas à la sieste
cette après-midi, mais
à la plage. Eh oui, on
ne vous demande pas
votre avis, plage obligatoire,
surtout p'tit diable numéro 1 ET 3. Mamie
l'a dit, VOUS passez trop
de temps sur les Raspberry
pie 3 surtout sur la
NES. Alors les p'tits diables,
allez on y va. Les encres noires, vous
n'oubliez pas, à 14 heures
direction la plage sauf pour p'tit diable
numéro 2. Il a une punition
et ensuite il viendra vous rejoindre
Joyeux anniversaire Rémy
! Vas-y, souffle ! bravo !

AYYYY ! Lâche-moi ! AHHHHHHHH ! Allez file.

MAMAN ! MAMAN !

Allez dans mes bras mon chéri.

MAMAN !

Ben alors, t'as eu ton suppositoire

MAMAN ! HUM HUM MAMAN !

Ça va j'ai compris. Mais dis-
moi hier, tu as fait une grosse bêtise.

MAMAN !

T'as eu la fessée avec Madeleine
Palaud et tu l'as mordue.

MAMAN ! MAMAN !

Stop ! T'as eu une punition,
d'accord. Là tu vois, il est bientôt
14 h 05 et regarde. Voilà LK,
allez dans mes bras p'tit diable numéro 2.
GROUHM, Allez, va rejoindre

les autres, à l'eau, garde ta
couche mais ne la
laisse pas traîner
une fois sortie de l'eau.

Chapitre 21 Un mois chez Madeleine Palaud

Bon les p'tits diables et
les encres noires, vous
restez ici un mois
entier, ensuite vous partez
chez les goronoir et
rouge deux semaines.
Vous écoutez Madeleine Palaud.
Pas de bêtises et le soir pour les
vidanges, vous demandez
aux encres noires pour
vous aider. Ne restez
pas pleins jusqu'à avoir
des crises de foie et de
vomissement. Pareil,
voilà vos calendriers,
seules les encres noires
vous font des lavements
et les examens médicaux.
LK viendra une fois tous les trois jours
pour les examens des encres
noires. Allez à plus. Madeleine Palaud,
Voilà les sept sacs alimentaires
et les trois sacs pour l'hygiène.
Attention, quand il y en a plus
vous nous appelez, on s'en occupe.

Quarante-huit heures plus tard,

centre de soin Jeanne Le Ret
Bon messieurs dames, à qui le tour ?
Allez-y, asseyez-vous, je vous
écoute.

(Onze heures plus tard)

– Ouf, bon j'ai fini pour les
dossiers principaux, tous sont terminés
et vous parles sauf pour la cinglée.
Celle-là, je ne peux vraiment plus
la supporter, elle est tellement conne.
        Bref. Les garçons, oui, qui me

prend trois jeunes garçons bien
mutilés ? Je prends la cinglée en contrepartie.
 Pas de problème, je prends les mutilés.
 Attention, ils ne se sont pas
loupés, surtout les deux plus jeunes.
 WOUHA ! Effectivement ! Bien
messieurs, alors par qui je commence ?
 Madame.
 Suivez-moi je vous pris. Bon allez-y, respirez.

(Pendant ce temps, bureau de Sébastien Le Ret)

 Oooooo les mains, c'est
d'un GHROUM GROUHM. À qui le
tour ? Vous entrez alors
carnet de santé s'il vous plaît.
– Merde ! Je l'ai oublié.
– Je suis désolée pas
de carnet de santé, je vais devoir vous
demander d'aller le chercher
et de retourner en salle d'attente, merci.
Les gars vous, GROUHM,
messieurs dames votre attention, tous
ceux qui ont leur carnet de
santé, levez-vous. Merci, ceux qui ne l'ont
pas sont invités à aller
récupérer leur carnet de
santé. Pas la peine de
rester si vous n'avez pas
votre carnet de santé. Aucun médicament
ou traitement médical ne
        sera renouvelé ou
administré si vous n'avez
pas votre carnet de santé

Chapitre 22 Paperasse

Bon, je viens de finir
les factures et les renouvellements de soin.
Alors, on est en déficit
beaucoup moins sévère. Avantage, on gagne
beaucoup plus de temps avec
les patients qui ont un carnet de santé
format papier et surtout on a la
paix, l'assurance maladie ne semble
pas nous prendre la tête pour
l'instant et j'ai enfin recruté

sept personnes pour s'occuper
des papiers à partir de demain
9 h 30. Problème réglé et
on a des patients de la
clinique Jeannette Le Ret qui
vont arriver à partir de
la semaine prochaine
donc on aura plus de
rentrées d'argent
et beaucoup moins de problèmes de sortie.
PLOUFF, que les gens
sont cons, on leur
dit trois fois la même chose
et ils nous reposent six
ou onze fois la même chose, ça me gonfle par
moment ! Quatorze décédés,
sept par surdosage, je ne comprends
vraiment pas ce qu'ils
apprennent en fac de médecine. Rien, ils ne
sont d'aucun intérêt, même
vous deux qui ne savez pas lire êtes plus
efficaces que ceux de la
fac de médecine. Leurs formateurs
sont inefficaces, toujours
sur leurs tablettes, rien
au niveau pratique. Putain,
bonjour les fautes
professionnelles et en
plus niveau formation, ils
n'ont aucune compétence
utile. Heureusement que nous sommes des
clones, par contre ça va faire
bientôt un mois qu'on n'a pas vu les
encres noires et les p'tits diables.
Hum, on est mal barrés, l'auberge
et l'hôtel Palaud tournent à plein
régime donc aucun souci
de ce côté là. Les jumeaux
bossus eux sont occupés pour un bon moment, les
quatre jumeaux maléfiques
eux bossent super bien à la montagne de
la mort, les chefs goronoir
nous envoient des nouvelles régulièrement

Chapitre 23 Récupération des p'tits diables et des
encres noires

Bonjour Madeleine Palaud. Alors, comment

s'est passé ce mois ?Long avec les
Super bien, aucun problème et
ils sont bien éduqués. Sauf p'tit
diable numéro 2. Exact, lui a du
mal à changer malgré mes avertissements. Il reste
très têtu, je pense qu'il tient ça de toi.
– Mudoume, tu es têtu surtout
quand LK n'est pas présente.
 Pas faux, je reconnais mes torts
et les assume tout comme mon
grand frère. Il a eu
des gestes un peu déplacés
avec p'tits diables
numéro 2. Comme tous
parents, on a des défauts
et des qualités souvent
pas montrées du doigt.
Et d'ailleurs, avez-vous réussi à vous en
sortir avec les sacs alimentaires ?
– Non, LK a refait le
plein deux fois, une fois
sur l'alimentaire et
l'autre fois sur les couches
des p'tits diables. J'ai voulu en laver. Elle
a dit poubelle, dont OK.
 L'équipe formule 1 part aux Bahamas,
Souhaitez-vous les
accompagner, il reste des places.
 Euh, OK, je valide.
 Non, c'est par téléportation,
question budget, et en plus elles y
vont entre filles donc voilà,
vous partez avec des séjours entre femmes.
LK est du voyage comme
ça vous allez pouvoir échanger sur votre
passion, les poupons de Marie

 composition de couverture COUDRIN

DÉPÔT LÉGAL: 1 DECEMBRE 2022